KB126978

글벗시선190 송연화 스물두 번째 시집

아버지의 사랑

송연화 지음

도서출판 글벗

아버지의 사랑을 기억하며

아버지가 보고 싶어서 무지개를 띄워놓고
그리움을 차립니다.
그리고 술 한 잔을 올립니다.
아버지 사진을 보면서
그리움에 눈물 바람이 일어납니다.
지금껏 발간한 20여 권의 시집
책, 상패와 상장을 아버지께 바칩니다.
형제들과 우애 속에 정과 사랑을 나누며 살아갑니다.
살아계실 때 아버지의 가르침을 떠올립니다.
다시금 그 뜻을 받들고 따랐습니다.
그리운 아버지의 사랑, 기억하며 살아가겠습니다.
이 시집을 부모님께 드립니다. 더불어 글벗들과 함께
그 마음을 나눕니다. 서평과 가르침으로 도와주신 최
봉희 스승님께 감사의 마음을 전합니다. 감사합니다.

2023년 시인 송연화

차 례

제3부 마지막 사랑

제4부 사랑의 온도

제1부

나팔꽃 사랑

수수 모자

키다리 수수밭엔
모자 쓴 수수 모습
주인의 배려 속에
새들을 쫓고 있네
모여든 새들은 지쳐
부산스레 오 가네

가을은 어느결에
말없이 다가오고
곳곳의 농작물들
여물고 익어가네
장마가 끝나고 나면
서늘함도 오겠지

동그란 수수 알들
통통히 살찌우면
가을날 주인 만나
기쁨이 되어줄까
모자로 한껏 멋 부린
아름다운 모습들

장맛비

밤에만 찾아오는
게릴라 장맛비에
후덜덜 떨며 지샌
하룻밤 길고 길어
더 이상 피해는 그만
두렵구나 빗소리

굵은 비 우당탕탕
지붕을 때려 눕고
갑자기 불어난 물
쓸리어 내려가고
빗물은 폭포수 되어
둥실둥실 달리네

하늘이 보낸 손님
반갑지 않았어라
달리기 육상선수
언제나 끝이 날까
원망의 하소연들이
저 하늘에 닿겠네

그리움의 시간

눈 뜨면 함께했던 뜨락
언제나 방글방글 꽃 웃음으로
반겨주는 꽃들이었는데
가고 없는 빈터에 눈길 머문다

아쉬움 속에 깊어지는 꽃 사랑
긴 그리움의 시간이 되고
뒤돌아볼 사이도 없이 싹둑
허리가 잘린 모습이다

마당 뜨락을 아름다움으로
한껏 뽐내며 꿀벌과 나비들을
유혹하며 향기로 머물더니
그리 기약 없이 떠났다

자연에서 안락한 쉼을 얻고
들녘에서 일하는 즐거움을
배로 안겨주던 농작물들
하나둘 계절 밖으로 물러선다

가을이 오는 길목에 서서
쓸쓸함을 맛보는 작은 가슴
마구마구 떨리고 아릿함에
동그마니 하늘을 쳐다본다

상사화 그녀

앞마당 뜨락에는
반가운 상사화꽃
두 번째 다시 피어
살포시 찾아왔네
어여쁜 상사화 그녀
임 마중을 왔을까

보는 맘 안타까워
날마다 위로하며
토닥여 사랑사랑
서러움 삭여질까
괜스레 애처로워서
그리움의 푸념들

내일은 찾아줄까
어떤 임 기다릴까
덩달아 후끈 달아
또다시 바라보네
꽃물결 붉어지는 맘
서러워서 어이해

무지개

소나기 지나간 뒤
해님이 반짝반짝

무지개 다리 놓아
선녀들 오르겠지

멋지고 아름답구나
경이로운 하늘아

둥글게 어울리며
서민들 사는 모습

귀담고 눈 담아서
저 하늘 전해줄까

무지개 서는 모습에
바라보는 간절함

들깨 숲

무성한 잡초 속에
연약한 들깨 모종
가꾸고 거름 주고
정성을 다했어라
뜨거운 여름날 축제
견디고서 만났지

옥수수 밀림 속을
벗어나 세상 밖을
한 대공 모습으로
박차고 나왔어라
이제는 어엿한 모습
우람하고 멋지다

한 아름 초록 물결
밭고랑 가득 메워
들깨 숲 밀림 되어
푸르름 가득하네
들깨 향 번지는 들녘

바라보는 즐거움

줄기가 여러 갈래
가지가 한 아름씩
형제들 건강하게
기쁨의 하얀 웃음
들깨꽃 가득 피워서
벅참으로 만나자

가을 오이

풍성한 가을 들녘은
짙 푸르름의 물결들
갈바람 살랑이는 문턱
노랑꽃이 스민다

노오란 별꽃 무리들
마디마다 꽃을 피워
솜털 오이가 조롱조롱
미끈하고 길쭉한 걸작들

날마다 만나는 즐거움
성장의 과정들을
지켜보고 바라보고
손맛을 즐겨보는 날

먹음직스러운 가시오이
한 개 따서 옷섶에 쓰윽
시원함의 오이 향 가득
아삭하니 달구나

쟁반 짜장면

중국집 맛집 방문
두 사람 마주 앉아

저녁을 주문하고
쟁반에 가득 담긴

후루룩 쟁반 짜장면
입맛 살아 좋은걸

가끔은 간단하게
음식점 맛집 찾아

밖에서 저녁 해결
쉽고도 간편하게

또다시 달려보련다
삶의 터전 놀이터

맥문동

여름의 끝자락을
찾아온 맥문동꽃

가녀린 꽃대 들고
물들인 보라 꽃들

촘촘히
작은 알갱이
어울려서 피었네

군락을 이루고서
어울려 피운 꽃들

맥문동 보라 돌이
볼수록 아름답네

향기의
수려한 모습
황혼빛에 물드네

칡꽃

칡넝쿨 어울렁더울렁
바람결에 한들한들
한 줄기 거꾸로 매달려
훠이훠이 그네를 타지

초롱초롱한 붉은 꽃
줄기 타고 타잔 놀이
삼매경에 푹 빠진 날
쪽빛 하늘바라기야

곱게 내려앉은 가을
햇살에 반짝이는 풀잎들
너도나도 앞다투어
희망을 안고 가을맞이

탐스러운 송이송이들
꽃진 자리엔 어여쁜
씨앗 꼬투리 하나둘
미래를 품고 꿈을 꾼다

총각김치

파랗고 동그란 하늘
놀라게 하고 저만치
지켜보고 있었네

서리가 갑자기 내려
가을걷이에 손길이
바빠져 허둥댄 하룻길

무청 다듬어 엮어서
시래기 만들어 걸어놓고
알타리무 다듬어 손질

생강 효소랑 쪽파 넣고
황태육수에 갖은양념
젓갈 고춧가루 버물버물

잘 절인 알타리
씻어서 화장을 시키니
매콤하고 알싸한 총각김치

주문 들어온 주소지로
정성을 담아서 택배 보내고
아픈 허리 토닥토닥여 본다

단풍꽃

단풍꽃 백운계곡
한 자락 가득 피어
알알이 풀어놓은
가슴속 그리움들
가을아 아름답구나
반해버린 네 모습

나뭇잎 수를 놓은
무지개 빛깔처럼
화려한 수채화에
마음은 심쿵심쿵
화려한 단풍 꽃물결
떠나가면 어쩌지

보는 눈 고이 담아
가슴속 저장하고
사진에 담아두니
맘 부자 되었어라
색색의 알록달록이
넉넉해진 내 마음

밤 말리기

바람이 불면 후드득
알밤이 떨어지면
한알 두알 줍다 보니
일백이십 키로그램 흐뭇하다

왁자지껄 횡성 장날
밤 까는 아저씨 찾아
두꺼운 껍질을 탈피
뽀얀 속살의 알밤들

환골탈태한 토종밤
건조기에 말리는 중
각종 곡물과 누룽지
말린 밤 곱게 갈아야지

아침 식사 대용으로
출출할 때 간식으로
한 컵씩 타서 마시면
우리 몸 보호 건강식이야

미숫가루 기다려주는 임들
변함없이 사랑 주는
고마운 고객분들 때문에
남실남실 즐거운 벅참이다

여명

어둠이 걷히고
서리꽃 가득 핀
들녘에 햇살은 내리고
여명의 아침이 열린다

이랑 가득히 내리는
따스한 햇살이
서리꽃을 달래듯
따스함으로 품어준다

서러운 눈물 뚝뚝
방울방울 흐르는
연약한 꽃대들 숯검댕이
풀 죽은 듯 고개를 떨군다

자연의 위대함에
예견된 이별은 시작이고
또 그리 떠날 채비 서두르고
황량한 들녘은 서러움 삼키리

덜꿩나무

알알이 조롱조롱
새빨간 덜꿩나무

열매가 터질 듯이
먹음직 탐스럽다

가지가 늘어지도록
눈 풍년이 되었네

어머나 탄성 지른
나들이 구경꾼들

저마다 만져보고
사진을 담아가네

어여쁜 붉은 열매가
주는 행복 컸어라

나팔꽃 사랑

외줄기 사랑 타고
수풀을 헤집고서
해맑은 모습으로
뚝방을 찾아왔네
그대는 나팔꽃 사랑
기다리고 있구나

새벽녘 달빛 사랑
동무해 좋았어라
해님이 출근하면
햇살이 두려워서
살며시 모습 감추지
얼굴 숨긴 나팔꽃

각자의 자리에서
톡톡히 자리매김
방글이 피고 지고
어여쁜 꽃 웃음들
즐거운 들녘의 반란
사랑사랑이어라

무청

무청을 싹둑싹둑
겨울을 준비한다
생무는 동치미로
석박지 김장김치
깨끗이 씻어 건조중
하얀 겨울 보내리

무청 삶아 손질
팩에다 가득 담아
냉동고 저장했지
된장국 생선찜에
즐거운 우리 집 식탁
사랑받게 될 거야

쉼 없이 움직이면
먹거리 풍족해져
커다란 냉동고가
가득 차 행복하네
누구든 원하신다면
아낌없이 보내리

만두 빚기(1)

따끈한 국물이 그리운 날
친정엄마랑 도란도란
밀가루 반죽하여 홍두깨로
덩더쿵 쓱쓱 덩더쿵 쓱쓱

손길이 갈수록 둥근 타원형
우리 딸 못 하는 게 없구나
그 한마디에 어깨가 으쓱
엄마 딸이래요

나이가 적당히 먹으니
조금은 뻔뻔해졌는가 보다
농도하고 너스레도 떨고
엄마와의 거리 짧음이 좋다

사는 게 힘들고 바빠서
가끔은 무관심으로 지냈지만
서운하면 야단치시는 엄마
내 행복 지켜준 튼튼한 울타리

토종닭 김치 만둣국
한 그릇에 즐거움 가득
어느새 세 식구 오붓함 속에
배는 포만감으로 뚱뚱이 변신

서리꽃의 애가

여린 잎들 밤새 꽁꽁
만지면 부서질 것만 같아
애처롭기 그지없네

초록으로 만났으면
그 얼마나 좋았을까
이른 아침 애잔한 눈 맞춤

이별은 예정되었지만
보내는 맘 안쓰러워
또다시 담아본다

농작물에도 풀잎에도
서리꽃 하얗게 피어
늦가을의 쓸쓸함 밀려온다

서러워 말고 떠나라
또다시 만날 터이니
눈물일랑 보이지 말고

곶감 만들기

생감 구매해 택배로 도착
둥글게 깎아서 바구니 가득
쌓여가는 감 더미들
소소한 일상의 즐거움

보는 것만으로도 흐뭇해
자꾸 미소가 번지고
가게 손님들 맛보기 드릴
겨울을 또 준비한다

하우스 안 천장에
주렁주렁 걸어 놓은 생감
햇살과 바람에 마르면
하얀 분이 배어나올 테지

말캉말캉한 또 다른 변신
곶감이란 이름으로
입안에 혀처럼 찰싹 붙어
안기어 달콤한 사랑을 주리

기다린다 바라보면서
입안에서 살살 녹는 단맛
쫀득함으로 겨울밤을
그리움으로 채울 거야

제2부

서리꽃 사랑

구찌뽕

가을 햇살에 곱게 익은
붉은 구찌뽕 주렁주렁

한 알씩 따면 우윳빛
하얀 액체가 주르륵

온몸으로 아픔을
호소하듯 보이는 걸까

먹기 무척 부담스러워
한참이나 망설여진다

구찌뽕의 영양 하얀 피
어쩌랴 먹어줄까 말까

몰라 돌아서는 발걸음
후련해지는 마음이어라

생일 선물

엄마가 계신다는 게
큰 축복의 날이어라
딸 생일 미역국 끓여서
생일상 차려주신 어머니

먹거리 지천인 가을
풍성한 수확의 계절
좋은 시절에 태어나
복됨을 맘껏 누려본다

오래오래 살아야 한다고
점심은 어탕 칼국수로
분위기 좋은 북 카페 이동
기분이 올라가는 좋은 일 생기고

시집 책 판매수익 70% 계약
이보다 더 좋은 일 있을까
내 시집 짝 찾는 애독자
많이 생겼으면 좋겠다

생일날 최고의 선물은
앞으로 쭈욱 시집 책을 출간
큰 구실이 생겼다는 것이다
벅차고 기쁜 생일이었다

억새

은빛 물결 일렁이는
하얗게 핀 억새꽃
곱게 빗은 머리결처럼
찰랑 찰랑이고

바람에 춤을 추는 물결
사그랑 싸싸 불러주는
억새의 아름다운 노래
정겨움이 남실남실

굴곡진 산허리
저 들만의 향기가
바라보는 이들에게
억새꽃 여운이 가득 넘쳐
낭만의 즐거움이다

황혼의 인생길에
함께 발 도장 찍으면서
짬짬이 둘러보는 여행
삶의 고운 모습이야

국화축제

용대리 국화축제
화려한 꽃 무리들

나들이 인파 속에
향기가 남실남실

높아진 하늘 저 멀리
은은하게 퍼지네

국화꽃 울긋불긋
화려한 고운 자태

둘레길 돌고 돌며
꽃 사랑 빠졌어라

하룻길 뿌듯해진 맘
시집 책에 담으리

들깨 털기

기계가 와릉 와릉
들깨 섶 큰 잎으로
와구작 먹더니만
들깨 알 와르르르
먼지는 날아오르고
들깨 짚은 훨훨훨

알알이 나뒹구는
푸짐한 들깨 알들
소복이 자루 가득
풍년이 돌아왔네
고소한 들기름 짜서
전국으로 보내리

줄기들 부서져서
산처럼 쌓여가고
다음 생 거름 되어
또다시 만나지리
한겨울 지나고 나면
옥토 전답 되리라

백담사 계곡

흰 바위로 감싸 안은 계곡은
맑은 물이 물길 따라 흐르고
산을 휘감아 붉게 타는 듯한
단풍은 숨 멎을 도록 찬란하다

버스는 쉴 새 없이 오가며
손님을 실어 나르고
계곡을 빼곡히 채운 조약돌
물길에 돌 구르는 소리 정겹다

멀리 능선엔 설 꽃이 피어
한층 더 멋스럽고 이채롭다
환호성이 저절로 나오고
인파들 사진 담기에 여념이 없다

백담사 여행길 사뭇 새롭다
병풍처럼 삥 둘러싸인 암벽들
고즈넉한 산사의 독경 소리
옮기는 발길 예를 갖춘다

키 작은 코스모스

도로엔 꽃길 조성
키 작은 코스모스
가슴이 울렁울렁
터질 듯 벅참이다
끝없이 펼쳐진 꽃길
감사하며 걷는다

바람결 춤사위에
꽃 손길 한들한들
가녀린 꽃대 가득
풍성한 꽃을 피워
보는 맘 속살스러워
정다워라 꽃 사랑

꽃향기 그윽함은
바람에 실려 오고
작은 꽃 다붓다붓
실하게 피었어라
한동안 발길 머물며
취해본다 향기에

페튜니아

도로엔 아기자기
꽃길로 단장하고
보는 눈 달리는 맘
행복한 꽃길이여
얼마나 즐거웠는지
심쿵해진 가슴아

백담사 가는 길은
꽃길과 단풍꽃이
환영과 축복으로
반겨줘 흐뭇하네
가는 길 이 모습 오래
담아가면 좋겠네

예쁜 꽃 페튜니아
빨강 꽃 무리 지어
바람에 하늘하늘
나비가 되었어라
멋지고 아름다운 길
달달해진 두 사람

농장 체험

가을을 담으려고
사과밭 농장체험

햇살에 탐스러운
사과가 주렁주렁

한 그루 사과 구매해
꼭지 따서 담았지

부사라 당도 높아
사과 맛 새콤달콤

따면서 한입 두입
그 맛에 즐거워라

포대에 가득 담아진
겨우살이 군것질

새 다리 올라타고
사과를 담는 모습

저리도 즐거울까
부부는 일심동체

농장주 후덕한 인심
가득 담아 왔어라

로봇 시대

세상이 깜짝 놀랄 로봇시대
사람이 하던 일자리를 뺏고
신기한 광경에 넋 놓고 봤다

점점 어려워진 삶의 터전들
우후죽순 늘어나는 가게들
모두가 어렵다고 아우성이고

인정 넘치던 음식점에는
기계들이 손님을 맞고
음식 배달을 하는 진풍경이다

감자옹심이 시켜놓고
줄 서서 순번을 기다리는 맛집
대박의 식당은 뭔가 다르다

이상한 기분은 왜일까
문명이 안겨준 서글픔
정이 사라진 삭막함 때문일까

개기월식

레드문 개기월식
우주쇼 아름다워

펼쳐진 하늘 바다
신비한 모습이네

언제 또 황홀한 모습
만나볼 수 있을까

순간의 이동 모습
볼수록 신기해라

하늘과 땅의 만남
우주쇼 감동이야

까만 밤 달빛 가려짐
무아지경 빠졌네

가을 들녘

황금빛 들녘도 비워진 지금
알싸한 갈바람과 함께
한달음 저 멀리 가을은 달린다

수확을 끝내고 난 뒤
비닐을 걷어내고 말끔하게
땅이 숨 쉴 수 있도록 정리 중

사랑과 정성을 품고 지녔던
들녘이 허허로운 모습이라서
짠하고 고맙고, 감사한 마음

내년의 풍년을 준비하면서
한 고랑 두 고랑 비닐을 걷고
부산물 퇴비를 듬뿍 뿌리리

나의 직장 텃밭은 꿈의 요람
온갖 농산물 키워내고
희망으로 채워주는 삶의 터전

오늘도 무지개 다리를 건너
삶의 공간 속으로 달리는 난
분명 아름다운 농부일 거야

서리꽃 사랑

밤사이 무슨 일이 있었을까
알알이 서리꽃이 하얗게 피어
새벽을 걷는 내게 꽃 웃음 흘리고

마음을 사로잡아 흔드는
마법 같은 꽃대 치켜든 풀꽃
고운 발길 멈추게 하네

알알이 눈이 부신 하얀 꽃
살아서 움직이는 듯
한걸음 반짝임으로 마주 했다

햇살에 살며시 지고 나면
하얀 풀꽃의 영롱함을 떠올리며
새벽의 만남 기다리게 될까

언제쯤 다시 만나게 되려나
안개 살짝 드리워지는 들녘
난 또 서리꽃 그리워 할 거야

새머루

작은 알 주렁주렁
새까만 새머루가
넝쿨 속 가지마다
매달려 있었구나
토종 맛 새콤하다고
입맛 다셔 보았네

옛 맛을 못 잊어서
한 송이 먹었더니
추억이 새록새록
가난한 시절 음식
예전의 그 맛 아니네
어디에서 찾을꼬

먹거리 풍부하니
옛것은 그림의 떡
지천에 넘쳐나는
창고엔 온갖 과일
농촌도 풍요로움에
부러울 게 없어라

갈매기

세찬 바닷바람에
갈매기들 물질도 못하고
옹기종기 모여서
몸을 녹이고 있구나

파도는 쉼 없이 철썩이고
물고기잡이는 쉽지가 않은 듯
의논을 하는 걸까
알 수 없는 언어로 끼륵끼륵

저마다 소통하는
그들만의 주고받는 대화
익숙하지 않지만 분명
위기를 극복하자고 하나 보다

바다는 수많은 생명을
사랑으로 품어 키워내고
더불어 살아가는 어울림
아름다운 관계를 배워간다

낙엽길

심술 난 갈바람에 낙엽은
갈 길을 잃어버리고
방황의 긴 시간을 보낸다

허공에 훨훨 날리고
날개 접고 땅으로 낙화
이별의 서러움을 겪는다

화려했던 단풍꽃의 비애
행복한 시간들 뒤로 한 채
길 떠나 낙엽 길 위에 눕는다

아서라 서러워 마라
한때는 눈 사랑 맘 사랑
시간의 속삭임 보냈잖아

기약 없는 이별의 쓸쓸함
잊고 지내다 보면 봄날
새로운 만남으로 또 오리니

월동준비

편하게 쉼 하라고
가을비 찾아오니
물 먹은 낙엽들은
조용히 밀려가네
갈 길을 잃어버린 듯
처량하기 짝이 없네

반가운 가을비가
내려준 마른 들녘
살포시 숨죽이고
그리움 삭이는가
화려한 호시절 좋아
마른 울음 삼키네

영양수 가득 담아
들녘을 잠재우고
겨울의 월동준비
갈무리 끝맺음 후
밑반찬 김장 마무리
보금자리 떠난다

자식이 무엇인지
챙기고 보살피려
원주 집 냉장고를
가득히 채워가네
어미 맘 내리사랑을
두 자식은 알려나

소원 돌탑

작은 정성과 바람이 모여서
한 층 두 층 돌탑을 쌓아 올려
소원을 가득 담아 빌었으리

어두운 음지의 마음을
이곳에 서리서리 풀어놓고
새 희망을 가득 담았으리라

계곡물은 눈이 시리도록 맑고
사이사이 돌탑은 햇살에 번져
고즈넉한 산사를 지킨다

헤아릴 수 없는 수많은 돌탑
소원을 비는 발원의 백담사 계곡
스님의 목탁 소리와 깊어간다

늦가을 사랑도 가을만큼이나
넉넉함으로 오래오래 머물러
모두가 행복했으면 좋겠네

모녀의 외출

친정엄마랑 나들이하는 날
사부작사부작 걷는 낙엽길
발아래 들리는 음률이
행복해요 되묻는 것 같다

노오란 은행 숲의 선물
만지고 던지고 소녀가 되어
두 모녀는 닮은꼴 되어
헤실헤실 즐거움 흠뻑이다

엄마의 눈높이로
친구 같은 딸이 되고픈데
애교가 없는 밋밋한 딸이라서
많이 미안하고 죄송스럽다

그래도 좋아하시는 내 어머니
작아진 어깨가 힘없어 보여
살며시 잡아 본 손 딱딱해서
자꾸만 눈물이 나려 한다

엄마와 딸 하늘이 내려준 천륜
이대로 더 늙지 마시고
오래오래 곁에서 함께하는
축복의 나날로 살고프다

바다

바다는 언제나 기쁨이고
고단하고 힘들었던 날들
바다를 마주하면 후련하고
체증이 뻥 뚫리어 시원하다

가족들이 임원항에서 만나
싱싱한 회에 소주 한잔으로
즐거운 대화로 목소리가
한 옥타브 점점 커져간다

정선의 거칠고 억센 사투리
삼척의 사투리가 한데 어울려
너 잘났다 나 잘났다
시끌벅적 가게가 요란하다

얼큰한 매운탕에 쫄깃한 수제비
식성이 촌스러운 걸 어쩌랴
눈앞에 펼친 푸른 바다를 보며
가족의 사랑은 달달하게 녹아든다

제3부

마지막 사랑

한계령

첫눈이 보고파서
한계령 찾아갔네
햇살은 심술쟁이
흰 눈을 녹였어라
한계령 쉼터에 가득
산악인들 모였네

함께한 산악인들
한 손에 커피 들고
웃음꽃 활짝 피어
사진들 담고 있네
한계령 웅장한 바위
설악산의 수호신

그 자리 어울려서
하룻길 즐거워라
보람과 삶의 흔적
굽잇길 묻어두고
다음을 기약하면서
아쉬움을 달랬지

새벽시장

하루가 열리는 곳
아침의 새벽시장
저마다 활기차게
손님을 부른다네
두부가 따끈합니다
어서 들여가셔요

오가는 인사 속에
저절로 함박웃음
찰지게 살아가는
사람들 정다워라
모닥불 피워 놓고서
언 손발을 녹이네

두부랑 고등어랑
콩나물 대파 샀지
맛있게 요리해서
식탁에 올려야지
소박한 아침 밥상엔
웃음꽃이 피겠지

마지막 사랑

불타는 화려한 사랑도
늦가을 비로 가슴에
짙은 문신으로 남았네

몰래 한 사랑도 아닌데
서러움 뒤로 설핏설핏
그리움이 멍울진다

소복이 쌓인 사연들
모아서 추억을 만들더니
콩닥거리는 가슴 꽃이 피었네

눈부신 푸른 날 못 잊어
난 이별이 마냥 아픈데
넌 핑크빛 사랑이었을까

너와 함께 꿈을 키웠고
널 바라보며 행복했지
자연이라며 축복했었지

이젠 마지막 사랑
예쁜 모습 고이 담으며
빈 가슴 사랑 꽃으로 채운다

오징어순대
15,000원

홍게라면
20,000원

새우구이
10,000원

어머니

며칠째 기운 없는
어머니 모시고서
바닷가 회 센터서
입맛을 찾으셨네
맛있게 많이 드시고
건강하게 삽시다

자식들 뒷바라지
한평생 고생 또 고생
걱정과 근심으로
지내 온 서러운 삶
정신적 과로가 겹쳐
기운 없이 지냈죠

이제는 어머니 맘
헤아려 보살피며
정성과 사랑으로
곁에서 지낼게요
당신을 사랑합니다
아프지만 마셔요

국화꽃

사람도 식물들도
세월에 장사 없네

화려한 국화꽃도
향기의 그 바람도

힘없이
쓰러져가고
추억으로 남겼네

한 생을 다하여서
향기로 머물더니

초겨울 들어서니
설 자리 잃었구나

가엾게
고개 숙인 체
떠나가고 있구나

억새꽃

바람에 일렁이는
빈 들녘 은빛 물결

파도를 타는 듯이
하얀 꽃 하늘하늘

멋지고 아름답구나
눈이 부신 억새꽃

가녀린 줄기 위에
탐스러운 하얀 머리

알알이 탱글탱글
햇살에 눈부시네

빛나는 억새꽃 무리
사랑사랑 하여라

물오리 가족

양지쪽 옹기종기
물오리 도란도란

꽥꽥이 언어 놀이
자맥질 여념 없네

물고기
먹이 허락한
일등공신 원주천

가족들 모여 모여
교육의 장이 되어

앞에서 가는 어미
따라서 졸랑졸랑

즐거운
물오리 가족
훈훈함을 보누나

아침의 시작

포근한 아침
걷기 운동 길에
해님을 맞는다

건강 지킴이 노력
하룻길의 시작
송골송골 맺힌 땀

빨리 걷기로
가슴은 벅차오르고
헐떡이는 약한 내 몸

새로운 다짐으로
흔들리지 말자고
가슴에 각오 새겨본다

만두 빚기 (2)

갓김치 배추김치
만두 속 송송 썰어
토종닭 손질해서
양념에 조물조물
홍두깨 밀가루 반죽
곱게 밀어 펼친다

주전자 뚜껑으로
둥글게 자리 뜨고
정성을 가득 담아
만두를 빚어본다
쟁반에 소복이 쌓여
냉동고에 잠자네

즐거움 가득 담아
둥글게 펼친 마음
고객님 찾아주면
언제든 살랑살랑
꿈 찾아 떠나가리니
그리운 날 만나요

꽃 잔치

늦가을에 봄꽃을
자연에서 쉼을 얻지만
지구의 몸살 앓이에
이 또한 적응이 안 된다

노랗게 피어난 한 송이
외로운 민들레꽃
홀로 피어 눈길이 가고
아릿함에 마음 준다

이상 기온 탓이겠지만
다시 만나는 꽃들
나들이에 벙글어진 꽃 잔치
마냥 들뜨고 설렌다

화단에 반가운 손님
진달래도 찾아오고
그리움이 깊고 짙으면
이리 만나게 되나 보다

반가운 아이들 만나
잠깐이었지만 심쿵심쿵
마음은 봄 아씨 되어
살랑살랑 들녘을 누빈다

최고의 날

시집 19번째 그리움의 시간
현대 문학사에서 선정
예술 문학 대상을 품에 안고
기쁨으로 산과 바다를 훨훨

받은 사랑 더 좋은 모습으로
시창에서 문우님들과
어울리고 글 나눔 하면서
알콩달콩 가족처럼 지내리

부족한 글 사랑으로
가득 채워 문학상 주시고
격려와 축하해주시는
큰 사랑 잊지 않으리

오늘은 최고의 날
참 기쁘고 행복한데
지나간 아픈 흔적들은
영화필름처럼 지나간다

감사의 맘 뜨거운 맘
변치 말고 이대로 쭈욱
도움 되는 한 사람으로
남겨지리라 다짐해 본다

사랑의 글씨앗

사랑의 글 씨앗을
마음 밭 가득가득

행복한 사랑 씨앗
뿌리고 심어보자

한가득 열리는 날에
아름답게 펼치리

둥글게 마주 보며
방글이 미소 짓는

글꽃을 피우면서
즐겁고 행복하자

그립고 보고 싶은 날
미련 없이 만나리

서로들 좋아 좋아

댓글로 용기 주며

격려와 사랑으로
가족과 형제처럼

둥글게 살고 싶어라
돌아올까 그런 날

첫얼음

물 고인 웅덩이에
찬바람 다녀가고

기온이 뚝 떨어져
첫얼음 피었구나

겨울의
시작이어라
동글동글 얼음꽃

아침을 열어보는
발걸음 자박자박

산책길 오며 가며
건강을 챙겨본다

즐거운
하룻길 시작
노란 햇살 퍼지네

까치집

찬바람 견디면서
나무 위 둥지 틀고

형제들 어디 갔다
까치집 외로워라

찬 바람 쌩쌩 부는데
온기 속에 지내렴

아침을 열어주는
까악 깍 노랫소리

반가운 아침 인사
멋스러운 까치둥지

정답게 어울리면서
알콩달콩 살까나

즐거운 인생

하룻길의 소소함 적으며
나만의 공간에서
기록하듯 삶의 흔적들 담아
고이 모아 남겨두었지

꿈은 반드시 이루어진다
믿으며 걸어온 나의 삶
시인 송연화 소박한 꿈이
열매 되어 돌아오나 보다

시집 책 한 권 두 권 쌓여서
스무 번째 하늘 꽃 편지가 둥둥
마주한 시간을 공유하면서
지난날의 아픔을 녹여낸다

주름진 삶 이젠 즐거움으로
가슴에 글 꽃 피우면서
내일을 향해 도전해 보련다
나의 꿈 이루어지는 그 날까지

첫눈

밤사이 축구 열풍
기적이 일어나고
대한의 자랑스러운
건아들 16강 진출
하늘도 감동하였나
하얀 첫눈 주셨네

밤새워 들썩들썩
축구의 벅찬 감동
문밖엔 동화 나라
하얀 옷 입었구나
신기한 사랑의 하트
천사들의 첫 작품

도로엔 하얀 눈꽃
새들도 아장아장
발자국 남겨두고
좋아라 다녀갔네
오늘은 하나 되는 날
첫눈 덕분이런가

대관령

대관령 굽이굽이
옛길이 그리워서
밟아본 발 길이여
추위에 되새겨 본
추억 속 대관령고개
그립구나 그 시절

꼬부랑 고갯길에
배추랑 양배추가
가득히 펼쳐졌던
마을은 변했어라
상가엔 사람들 북적
양떼목장 찾았네

고갯길 내려다본
강릉시 옹기종기
한눈에 들어오고
풍경의 멋스러움
저 멀리 강릉의 바다
시원스레 보이네

파도

잔잔한 바다는 심심한가
작은 파도 쉼 없이 불러오고
밀려오는 그리움의 조각들
하얀 거품 울컥 쏟아낸다

그리워 찾아온 바다
비릿한 향기의 내음이
코끝을 스쳐 지나가고
바다의 가슴에 안긴다

이렇게나 좋은 날에
바다를 맘껏 품으며
파도를 만날 수 있기에
즐거움은 배가 되어주고

못난 맘 모두 털어내고
두 가슴에 넉넉함을 담아
지치지 않는 열정으로
지혜롭게 살아가련다

풍차

윙윙윙 울어대는
무심한 바람개비

풍차는 돌고 돌아
전기를 일으키네

과학의 풍력 발전기
대관령을 지키리

고갯길 성마령에
바람길 위풍당당

매서운 칼바람에
정신줄 놓을세라

산 능선 세워진 풍차
헤아릴 수 없어라

바다 이야기

추위가 몰려오니
두 손이 꽁꽁 묶여
갑자기 보고 싶은
바다가 그리워라
푸른 물 넘실거리는
쪽빛 바다 최고야

나의 맘 좁쌀 같아
작은 일 화도 나고
때로는 참지 못해
돌아서 후회했지
바다는 엄마 품처럼
사랑으로 품는다

두 사람 공간 속에
갈매기 날아오고
정다운 내 사랑은
무조건 직진이야
사랑은 언제까지나
무한 리필 담으리

제4부

사랑의 온도

좋은 하루

아침에 눈을 뜨면 설렘 가득
오늘은 어떤 일이 오려나
농사일 끝내고 여유를 찾아
밖으로 나들이가 즐겁다

두 사람 소소한 일상
덤 같은 인생 고갯길
위하고 챙겨주는 자상함
나누는 짙은 사랑아

봄날의 아지랑이처럼
여름날의 푸르름처럼
달콤한 초콜릿처럼
축복의 나날 보내리라

하루가 쌓이고 쌓여서
고운 한 달이 만들어지고
삶의 성벽을 차곡차곡 담아
그 속에서 흔적을 남겨본다

이리 들뜨게 살다 보면
나의 진짜 사랑 시집 책이
얼굴 마주하게 되리니
주어진 좋은 하루 사랑이야

만남의 날

그대들 능력자야
살림의 제왕답게
나이들 갈무리한
빛나는 보석별들
친구들 자랑스러워
달려보자 이대로

그립고 보고 싶은
소중한 친구들아
모임에 마주하니
생기가 도는구나
모처럼 만나는 우리
수다 풀고 좋아라

우정과 사랑으로
생일을 챙겨주고
나이를 잊고 사는
만남은 즐거워라
우리는 의로운 친구
챙겨주며 살자구

어부 놀이

또다시 찾아 나선
밤바다 어부 놀이
바다가 화가 난 듯
큰 파도 밀려오고
무서움 가득하지만
갯바위만 보이네

검푸른 바닷물은
파도에 휩쓸리고
투망을 던져놓고
양촌리 커피타임
저 하늘 이지러진 달
하염없이 비춰네

넋 놓고 기다리는
즐거운 바다 체험
일 년에 한두 번씩
일탈을 재미 삼아
즐거운 바다 이야기
소곤소곤 담았지

향우회

고향의 선후배가
어울려 살아가는

원주의 타향살이
술 한 잔 나눔으로

중년의 나이 잊고서
붉어지는 얼굴들

상다리 휘어지게
차려진 진수성찬

아우랑 형님 섬김
흐뭇함 가득하네

평창의 향우회 침목
햇살처럼 번지네

아버지의 사랑

아버지 보고 싶어
무지개 띄워놓고
제사상 차리고서
술 한 잔 올립니다
형제들 모여 앉아서
생전모습 그려요

콧속을 자극하는
갖가지 제수 음식
아버지 사진 보며
그리워 눈물 바람
시집 책 상패와 상장
자랑해요. 아버지

형제들 우애 속에
정 나눔 사랑 나눔
생전의 가르침을
받들고 따르면서
그리운 아버지 사랑
기억하며 살게요

설화

흰 눈이 포실 포실
순식간 쌓이더니
눈앞의 하얀 세상
설화가 가득 폈네
겨울은 환상의 설렘
변화무쌍 날씨네

저녁의 하늘 선물
살포시 내려앉은
마른 풀 가지마다
하얀 꽃 가득 피어
보는 맘 즐거움 가득
행복해진 이 마음

만지면 눈물방울
손바닥 주르르륵
온기는 싫다 싫어
토라진 눈꽃 송이
바람에 끝없이 훨훨
멀리멀리 날아라

얼음꽃(1)

바위에 자라나는
얼음꽃 활짝 피어

오돌돌 떨고 있네
낙엽들 이불 되어

이 겨울
감싸 준다면
추위쯤은 견디리

기다란 고드름이
쭉쭉이 대롱대롱

대관령 오르는 길
볼거리 이색풍경

얼음꽃
산모퉁이 길
곱게 곱게 피었네

사랑의 온도

나눔은 부메랑 되었네
받은 사랑만큼 돌려주려고
사랑의 꿈을 가득 키워본다

시집 책 판매 수익금
모아 모아서 불우이웃을
돌 볼 수 있음이 뿌듯하다

나의 흔적들이 쌓여서
시집 책 품으로 돌아오니
이보다 큰 보람 또 있을까

작은 정성들이 모여서
사랑의 온도 높일 수 있다면
분명 사회는 따뜻해 지리라

고운 삶 뿌듯해진 마음
인생길 따라 선하고 성실하게
살다 보면 좋은 일 또 오리니

설국

사람도 자동차도
모두가 엉금엉금
설국의 하얀 세상
느림보 거북이네
겨울의 낭만 어쩔까
걱정스러운 마음뿐

흰 눈이 소복소복
걱정은 가득가득
눈 쌓인 거리마다
눈치는 진풍경에
이웃들 하나가 되어
으쌰으쌰 어울림

마을도 새하얗고
마음도 새하얗고
올해의 마지막 꿈
소원을 이루었지
행복은 찾아오리니
하얀 꿈을 펼치자

해 오름

아침의 해 오름이
나무에 걸터앉아
마당을 토닥토닥
하루길 벅차도다
실루엣 하얀 비단길
온 마당에 넘치네

설국의 성스러움
가슴이 쿵쾅쿵쾅
새들도 즐거워서
삐리리 재잘재잘
뜨락의 넘치는 사랑
축복으로 오누나

창문을 비집고서
스며든 노란 햇살
여인의 속살 같은
정다움 품는구나
그대랑 걷는 삶의 길
아리랑을 부르네

상고대

바람에 온몸 시려
가지 위에 눈물 쏟아
작은 아픔의 흔적들이
알알이 맺혔구나

유리보다도 투명한
하얀 결정체 상고대
햇살에 반사되어
고운 무지개가 핀다

자연의 오묘한 기술
꽃을 피우는 모습도
형형색색 다르고
느낌마저 눈이 부시네

오 오라 신비한 상고대
들녘 가득 피워준 꽃
햇살에 사라질 것만 같아
아릿함을 담아 두련다

설봉산 공원

시민들 살아가는
공간의 둘레 길에
등산길 산책코스
호수도 일품이네
자연이
살아 숨 쉬는
운동코스 멋져라

결혼식 남은 시간
한 바퀴 돌아보며
곳곳의 유적지를
담으며 둘러본다
이천의
설봉산 공원
둘레 길의 찐 모습

설원의 뜨락

하얀 설원의 뜨락엔
따스한 햇살이
하늘 꽃밭에
살포시 내려 앉았다

그리움은 저만치
잡힐 듯한데
발걸음 옮기기엔
너무 먼 그리움이여

개구쟁이 되어
발자국 놀이에
흠뻑 빠져 나 혼자
마냥 즐거워라

동화 속의 하얀 나라
곱고 아름다운데
세상 밖은 시끌벅적
평화를 갈망하는데

하얀 꽃밭에 사랑과
그리움을 토닥토닥
소꿉놀이 소녀처럼
그리움 묻어 놓는다

반상회

한해의 동네일들 마무리
이웃들과 교류 하면서
때론 불편함도 있었지만
반민들 화합의 한 자리

농사도 마무리 짓고
김장도 익어가는 겨울
모여서 함께하는 송년회
이웃사촌들 건강을 외친다

반민들 얼굴에 근심이
며칠 전 요양원 가신 아저씨
건강 기원, 소망을 가득 담아
구호 아래 건배의 잔을 든다

새들이 많아서 지어진
아담한 마을 조곡리
샛강을 끼고 돌아 경관이
참 많이 예쁜 동네다

주민의 일원으로
동분서주한 남편
또 한해를 반민을 위하여
봉사해야겠지만

하룻길

햇살이 길게 누운
오후의 마당 뜨락

자연의 초대받은
참새 떼 비둘기들

들깨 섶 가득 모여서
음악회를 열었네

들깨 알 가득 품은
거름의 들깨 섶은

먹이가 지천이라
새들의 놀이터지

뜨락의 새들 가족들
품어주고 있구나

서로들 어울려서
둥글게 살아가는

시골집 마당 뜨락
즐거움 넘친다네

삶의 길 더불어 사는
함께여서 좋아라

동지

새벽녘 내린 눈꽃
강아지 뛰어놀고

가랑잎 잠재우는
솜이불 소복소복

새알심
팥죽 쑤면서
한해 액운 막는다

언니가 초대해서
엄마랑 함께 동행

간만에 얼굴 보며
즐거운 이야기꽃

맛있는
팥죽 한 그릇
깨끗하게 비웠네

성탄절 선물

강추위 몰려오고
성탄절 축복선물
저마다 품은 꿈은
하나둘 꿈틀꿈틀
은총이 우리 집 가득
흰 눈처럼 내렸네

큰아들 작은아들
커다란 희망 꽃에
축복의 이 하루가
기쁨의 환희 속에
가족들 하늘의 축복
성탄 선물 받았지

사업장 부푼 꿈에
청춘을 꽃 피워라
저 하늘 푸르름을
가슴에 가득 담아
고운 뜻 꿈을 펼치며
멋진 인생 살으렴

동트는 아침

여명의 동트는 아침
동산 너머 해님이 쏘옥
활짝 웃음 지으며
해맑게 오신다

며칠 꾸물꾸물하던 하늘
날씨 때문인지 덩달아
우울함 덤으로 오더니
쾌청한 오늘 참 좋다

금빛 햇살의 찬란함
위대한 자연의 위력
'멋지네'를 쏟아내는
작은 여심의 미소

기쁨으로 떠오르는
해님의 맑음으로
온전한 이 하루
남실남실 보내리라

얼음꽃(2)

똑똑 물 방울방울
떨어져 얼고 얼어서
얼음기둥 우람하다

계곡의 칼바람이
매섭도록 몰아치고
한파의 기승 날렵한데

햇살에 반사된 물방울
무지개 빛살 담아
영롱한 얼음꽃 피웠지

능선의 하얀 눈꽃
치악산을 물들이고
치악산은 겨울옷을 입었네

맛집

그대랑 시누이랑
세 사람 함께하는

나들이 즐기면서
소소한 일상생활

문막의
전주 한정식
최고 맛집이어라

눈빛만 바라봐도
서로의 속 맘 아니

남매의 애틋함에
짠하기 그지없네

전생의
내 동생일까
시누이가 좋아라

제5부

하루의 시작

산수유

국형사 산사에 가득 담은
하얀 눈꽃 소복소복
아름다운 빛을 발하고

햇살에 반짝이는 눈꽃
어우러진 빨강 산수유
주렁주렁 달려 멋지네

산새들의 배고픔 달래줄
먹이가 지천이라서
산사 넉넉함으로 머무네

유난히 아름다운 곳
청정계곡에 부처님 도량
종소리 은은하여 좋아라

카페에서

오 오라 즐겨보자
나의 삶 한 귀퉁이

찌들고 지친 인생
살며시 내려놓고

마음 짐 조금 가볍게
쉬어가자 이참에

커피도 마셔보고
지난 일 돌아보니

세월에 쫓기듯이
끝없이 달렸구나

이제는 날 사랑하며
즐기면서 살리라

오늘과 내일

오늘은 현실이고
내일은 미래이다
나에게 하룻길은
날마다 벅참인데
한해가 역사 속으로
그리 깊어가누나

소소한 일상에서
나의 삶 가꾸면서
삶의 질 높여가며
미래를 저축했지
결과는 오늘과 내일
행복하게 살았네

뒤늦게 후회한들
그 무슨 소용인가
아끼고 사랑하며
일 욕심 내려놓고
건강한 삶 추구하며
즐거운 삶 꿈꾸리

병상에서

안정하고 혈당 낮춰야 하는 시기
입원하고 의사의 처방에 따라
인슐린과 약물 치료를 병행

주위에 걱정과 민폐 끼치면서
나 살겠다고 이리 누워서
천장 쳐다보고 있을 줄이야

건강 돌보며 잘 살았더라면
놀랄 일도 없었을 텐데
지금부터라도 정신 차려보자

서툰 손 떨림으로 주사약
꼼꼼하게 챙기며 배워 본다
굽이굽이 덤으로 사는 인생

사랑과 긍정의 생각으로
더 많이 웃으며 지내야지
아름다운 삶을 위하여

꿈이여

꿈이여 이루어져라
무지개 타고 오려 마
넘치는 열정으로
새해를 맞는다

좋은 일들만 오기를
웃는 날들만 오기를
해 걸음에 총총히 빛나는
삶이 되기를

이제는 웃고 싶다
사랑 나눔 풍요로움
가득 살찌울 수 있는
그런 새해이기를

꿈이여 이루어져라
저 넓은 초원을 향하여
희망찬 새해 벽두에
나두야 달린다

보리밥

어릴 때 질리도록
먹었던 꽁보리밥

건강식 먹으려니
왜 이리 힘이 들까

입안에 알알이 도는
까칠까칠 보리밥

매 끼니 보리밥에
나물과 된장 국물

건강을 챙기려니
이토록 힘이 드네

온몸을 주사와 약물
쉴새 없이 치료 중

돌탑

마음이 허하고 복닥거려
날마다 밖으로 발걸음
둘이서 즐기는 하룻길

살아온 고운 흔적들
쌓여서 시집 책이 되고
삶의 여정이 되었지

앞으로 얼마나 더 많은
삶의 언저리 꿈을
가득 채울 수 있을까

둘레길을 걸어 보면서
정성 가득 담긴 돌탑
간절하면 저리 될까

삶의 끈 놓을 수 없기에
애착도 생겨 평범하게
잘 살고 싶었을까

어울렁더울렁 고운 삶
지금처럼 촘촘한 인생길
쉬엄쉬엄 살아가고파

그립다

파란 하늘이 마냥 그리운 날
미세 먼지가 깔린 듯한
회색빛 도시 찌뿌둥하다

창문 너머로 내려다보이는
도로는 활기찬 움직임으로
저마다 바쁘게 살아간다

멍하니 바라보는 풍경에
가슴이 짓눌린 듯한 갑갑함
스멀스멀 차올라 답답하다

풍선마냥 부풀어 오르는 맘
끌어안고 사방팔방 나들이
열정의 내 모습 어디로 갔을까

돌이킬 수 없는 지금의 현실
부정할 수도 없음이다
뼈를 깎는 노력만이 살길

그래그래, 더 늦기 전에
건강한 나의 삶 목표로
하늘의 뜻으로 그리 살리라

날아보자

힘겹게 퇴원하고
발걸음 날개 단 듯

가벼워 웃음 천국
이렇게 좋은 날에

손잡고 당당한 걸음
날아간다 내 둥지

주위에 많은 민폐
맘 졸인 나의 시간

버티고 견뎌보자
이 또한 지나가리

오늘은 결과 좋은 날
날아보자 가볍게

하루의 시작

햇살 노랗게 피어나는 아침
멀리 치악산 가깝게
눈에 들어와 팔랑거린다

아침의 여명 소슬바람
가득 맞으며 창문 열고
활짝 내 안으로 담아본다

하룻길이 요즘처럼
긴 시간인지 미처 몰랐기에
당황스럽고 지루하다

예쁜 하루이기를 빌어보며
시창의 시인님들의 좋은 글
맘껏 볼 수 있어 그나마 다행

좁은 공간의 병실인데
휑하니 넓은 운동장처럼
느껴짐은 어찌 된 일일까

나의 몸 상태 과도기라서
햇살처럼 번지는 따스함으로
한번 챙겨가라는 뜻 담았을까

풍문

풍문은 바람 타고
두둥실 찾아왔네

남의 일 웬 관심들
살기도 바쁜 세상

본인들
흉도 모르고
말도 많고 탈 많네

세상의 이치대로
둥글게 살다 보면

좋은 일 덤과 함께
내 곁에 둥실둥실

선하고
착하게 살면
큰 재력의 맘 부자

겨울왕국

두 눈에 보이는 곳
설원의 뜨락이네
수려한 겨울왕국
화려한 반짝 변신
창조된 새하얀 세상
멋지구나 조곡리

축복을 주시는 듯
하늘꽃 소복소복
짓눌린 근심 걱정
바람이 거둬갔네
이제는 마음 그릇에
흰 눈처럼 담으리

소중한 그대와 나
이 공간 오래오래
머물며 함께 가꿔
남은 삶 의지하며
두 사람 주인공 되어
소담소담 지내리

사랑탑

믿음과 사랑으로
신뢰와 존중으로

사랑탑 쌓아가며
눈빛만 바라봐도

사랑꾼 알아차리네
척척박사인가 봐

모자람 채워가며
작은 맘 넓혀 가며

배려와 사랑으로
본연의 모습으로

조금씩 성장해 가며
올바르게 잘 살자

변덕쟁이 맘

뙤약볕 여름에도
내 마음 타지 않고
샘솟는 체력으로
온종일 종횡무진
어느새 변덕쟁이 맘
안타까운 비실이

내일은 붉은 태양
힘차게 떠 올라서
믿음과 용기 주며
웃으며 반길 거야
초심의 그 마음으로
진실하게 살까나

상상 속 달려보는
철없는 여인이여
어쩌랴 말괄량이
시 밭을 가꾸련다
올여름 푸르름 가득
시 열매가 달릴까

토종장

양지 녘 툇마루에
항아리 가득가득
담긴 장 비워내고
용기에 담았어라
발효된 된장 고추장
만 한살이 되었네

봄처럼 따뜻한 날
뜨락에 모여앉아
고추장 옮겨 담고
구수한 된장 담아
설 대목 준비 중이야
그대들의 품으로

구수한 맛깔 된장
달큰한 찐 고추장
먹거리 소중함은
전통의 방식이야
토종장 맛나게 익어
사랑받게 될 거야

겨울비

때 이른 겨울비가
온종일 오락가락
쌓였던 눈 사라져
봄 같은 기운 도네
강릉엔 매화꽃 피어
꽃놀이를 즐기고

겨울잠 자는 뱀이
봄인 줄 착각하고
월동을 박차고서
봄맞이 나왔다네
시절이 어수선하니
갈팡질팡 동식물

대문 앞 차락차락
여름비 지나가듯
거리가 깨끗하니
좋기만 하였어라
겨울비 근심 걱정 싹
씻겨가면 좋겠네

만남

글벗의 선생님들
만나러 가는 길은
막힘은 있다지만
설렘과 기쁨이야
즐겁고 행복한 시간
보낼 수가 있겠지

표지판 앞만 보고
달리는 기쁜 마음
긴 여정 동행 길은
날마다 축복의 길
우리는 글벗의 가족
글을 나눈 형제지

신년에 다진 결속
앞으로 전진이야
나쁜 일 좋은 일들
서로들 감싸주며
모두가 글벗 위하여
내일처럼 나서네

눈꽃

마른 나뭇가지에
하얀 눈꽃 조로롱
소복소복 쌓여서
행복꽃 걸려있네

산새도 숲에 깃들어
온 세상 고요한데
간간이 오가는 바람들
쉬이 쉬이 눈꽃을 뿌리네

연기가 모락모락
지붕 위 하얀 구름꽃 피워
정겨운 마을은 포만감에
따뜻한 아랫목에 눕는다

동화같은 산자락
작은 마을엔 저마다
소소한 사랑꽃 피우며
아늑해 능장을 부릴 테지

멈추지 않을 것 같은 폭설
그 안에 잠겨있는
이 하루가 맘 늘어지도록
여유롭고 따뜻함이어라

화려한 눈꽃

마법의 언덕길엔
눈꽃이 다붓다붓
산책길 아름다워
오, 오라 멋지구나
여기가 최고의 꽃밭
선녀들이 즐길까

화려한 송이송이
하얗게 피어올라
골짜기 가득 메운
눈꽃이 어여뻐라
나무의 화려한 눈꽃
줄기마다 폈어라

푹 빠져 즐긴 하루
얼얼얼 신선놀음
저마다 사진찍기
분주히 움직이네
눈부신 벙글어짐에
반짝반짝 빛나네

부부의 길

새소리 지저귐에
아침을 열어본다

그대와 함께 걷는
행복한 둥지 속을

발 동동 뜨락 오가며
하루 열고 접는다

두 사람 새해 설계
꼼꼼히 챙기면서

참답게 살아가리
달리는 부부의 길

사랑과 믿음 하나로
향기롭게 살고파

행복을 찾아가는 치유의 글쓰기

― 송연화 스물두 번째 시집 『아버지의 사랑』

최 봉 희(시조시인, 평론가, 글벗 편집주간)

문학의 효용성을 얘기할 때마다 등장하는 단어는 '교훈(敎訓), 쾌락(快樂), 유희(遊戲), 당의(糖衣)'다.

첫째는 교훈성이다. 로마의 시인 호라티우스(Quintus Horatius Flaccus)가 말한 것처럼 '시가 사람의 인격과 지혜를 향상시킨다.' 다시 말해 문학은 종교나 도덕처럼 어떤 윤리, 신념, 가치를 직접적으로 가르치지 않아도 사람들의 구체적인 삶의 모습을 형상화하여 보여줌으로써 독자들 스스로 삶의 진실을 발견하게 하는 것이다.

둘째는 독자에게 즐거움을 준다는 것이다. 문학의 심미성을 말한다. 감정적인 체험, 예술적인 체험이다. 아리스토텔레스는 이와 같은 문학적 체험을 통해 인간의 감정과 정신이 순화되는 현상이다. 즉 '카타르시스(Catharsis, 정화작용)'이다.

문학 작품에도 다른 예술 작품처럼 주제가 있다. 이야기가 있다. 특히나 시는 운율이 발현되어 독자는 주인공의 시선에서 여러 사건을 겪어가며 희로애락의 감정을 느낄 수 있다. 유희를 경험할 수 있는 것이다.

다른 예술 작품과 달리 상대적으로 문학은 상상의 나래를 펼치기 쉽다. 활자로 표현되는 예술 작품이기에 독자의 상상 속에 작품이 그려지고 완성된다. 이러한 점은 문학의 유희적 요소를 구성하는 중요한 요소다.

셋째로 당의설(糖衣說)이다. 문학의 즐거움과 쾌락은 전달하고자 하는 것을 효과적으로 전달하기 위한 수단으로 활용했다. 사람에 대한 따뜻한 시선을 갖게 해준다. 문학은 겉으로 보이는 게 다가 아니라는 점을 독자들에게 계속해서 일깨워준다. 독자들이 타인을 좀 더 따뜻한 시선으로 바라볼 수 있도록 도와주는 것이다.

독일의 철학자 프란츠 폰 바더(Franz von Baader)는 매일 일기 쓰는 행위에 대해서 다음과 같이 말했다.

"위대한 사상은 - 나의 내면적인 인생 전체는 기록으로 남아있는 내 일기장 속에서 언젠가 볼 수 있게 될 것이다.- 내 전체 영혼을 가득 채운다."

우리 문학계에는 매일 일기를 쓰듯이 시를 쓰는 사람이 있다. 이를 문학적 역량을 키우는 과정이라고 평가한다. 우리나라의 시조 시인 중에 매일 시조를 쓰는 시인이 있다. 바로 한국시조시인협회장을 역임했고 시조문학 발행인이었던 김준 시인이다. 필자가 2005년 제1회 고불 맹사성 전국시조백일장과 월간 샘터에서 주관하는 제30회 샘터시조상을 받을 때 그분과 함께 했었다. 필자가 시조문학에 등단할 수 있었던 길을 열어주신 분이기도 하다. 지금까지 쓴 시조가 일만 오천 수가 훨씬 넘는다. 시조가 그의 일생 전부라 해도 과언이 아니다.

우리 글벗문학회 회원 중에도 김준 시인처럼 매일 시와 시조를 쓰는 시인이 있다. 바로 윤영 송연화 시인이다. 어느덧 스물두 권의 시집과 시조집을 발간했다. 아마도 지금까지 창작한 작품만도 삼천 수에 이르지 않을까 한다.

문학적인 글은 누구나 쓸 수 있다. 배움이 많고 학식이 뛰어난 사람만 쓰는 것은 결코 아니다. 시 쓰기는 창작의 환상을 모으는 역할을 하고 새로운 미적 효과를 확인해 주는 것은 물론, 특별히 시인들의 매일 시 쓰기는 창의성을 유발하고 창조력의 향상을 가져왔다.

서양에서도 대표적인 사람은 바로 라이너 마리아 릴케다. 힘든 일이 있거나 좋은 일이 생겼을 때 그 슬픔과 기쁨을 일기에 시 형식으로 매일 기록했다.

단순한 내용을 담은 일기 대신 매일 시를 쓰려면 창의성을 표현할 수 있는 글쓰기를 활용해야 한다. 그 방법으로는 느낌을 더 섬세하게 표현하고 문학에 흥미를 갖는 시와 시조 형식에 단어와 문장을 활용하여 작품을 쓰는 것이다. 이는 창의성을 표출할 수 있는 시조 형식의 표현 방식을 더욱 연구하고 주변의 환경을 관찰한다. 그리고 깊이 사고하면서 자신이 겪은 삶의 경험과 연결하여 쓰는 방식이다. 작은 사건이나 사소한 일들을 소재로 하여 쓰거나 산책을 하거나 자연에서 만난 소재를 관찰하여 쓰는 경우가 많다. 특히 시조 한 수에 한 문장, 또는 두 문장, 세 문장으로 구성하여 시조 작품을 전개하곤 했다.

그렇다면 시인은 왜 매일같이 시와 시조를 쓰는 것일까? 한마디로 말하자면 시와 시조 쓰기라는 창조적인 활동으로 자신을 조절하고 나를 치유하기 위한 것은 아닐까? 미술과 음악을 이용한 심리적인 치료가 이미 오래전부터 이용되었다. 춤을 이용한 치료법도 있다. 문학적인 시 쓰기를 통해서 나를 치유하고 다양한 표현으로 행복을 찾는 것이다.

나를 행복하게 하는 것은 개인의 능력, 잠재력 등을 측정하고 키우는 일이다. 인생을 더욱 가치 있게 만드는 일이다. 더욱이 글쓰기를 통해서 스스로 깨우칠 수 있을 뿐만 아니라 자율성과 자각의 힘을 키울 수 있다. 궁극적으로는 스스로 조절하는 방법을 알게 한다.

로마의 시인 호라티우스(Quintus Horatius Flaccus)는 이렇게 말했다.

"사람들은 행복을 찾아 헤매고 행복은 누구의 손에든지 잡힐만한 곳에 있다. 그러나 마음속에서 만족을 얻지 못하면 행복을 얻을 수 없다."

그렇다면 송연화 시인은 왜 시와 시조를 쓰는 것일까? 시

창작 활동을 통해서 어떤 양상으로 시와 시조를 썼는지 작
품을 분석하고자 한다.

첫째 송연화 시인에게는 한 줄의 글이 없으면 하루의 시
작도 없다는 점에 주목하고 싶다. 매일 매일 아침에 일어
나자마자 시와 시조를 쓴다.

아침에 눈을 뜨면 설렘 가득
오늘은 어떤 일이 오려나
농사일 끝내고 여유를 찾아
밖으로 나들이에 즐겁다

두 사람 소소한 일상
덤 같은 인생 고갯길
위하고 챙겨주는 자상함
나누는 짙은 사랑아

봄날의 아지랑이처럼
여름날의 푸르름처럼
달콤한 초콜릿처럼
축복의 나날 보내리라

하루가 쌓이고 쌓여서
고운 한 달이 만들어지고
삶의 성벽을 차곡차곡 담아
그 속에서 흔적을 남겨본다

이리 들뜨게 살다 보면
나의 진짜 사랑 시집 책이
얼굴 마주하게 되리니
주어진 좋은 하루 사랑이야
– 시 「좋은 하루」 전문

시인이 하루하루 설렘으로 시작한다. 어떤 삶의 기대감도 분명 있을 것이다. 사랑하는 이와 함께 하면서 서로를 위하고 챙겨준다. 그리고 나누는 삶을 실천하면서 축복의 날이라고 긍정한다. 그리고 하루하루의 흔적을 글로 남긴다. 진실한 사랑의 시집을 완성하는 것이다. 그 모습은 한마디로 행복 찾기가 아닐까 한다.

햇살 노랗게 피어나는 아침
멀리 치악산 가깝게
눈에 들어와 팔랑거린다

아침의 여명 소슬바람
가득 맞으며 창문 열고
활짝 내 안으로 담아본다

하룻길이 요즘처럼
긴 시간인지 미처 몰랐기에
당황스럽고 지루하다

예쁜 하루이기를 빌어보며
시창의 시인님들의 좋은 글
맘껏 볼 수 있어 그나마 다행

좁은 공간의 병실인데
휑하니 넓은 운동장처럼
느껴짐은 어찌 된 일인가

나의 몸 상태 과도기라서
햇살처럼 번지는 따스함으로

한번 챙겨가라는 뜻 담았을까
    - 시 「하루의 시작」 전문

 어느 날 건강을 잃어서 병원에 입원한다. 매우 당황스러
운 상황에서 지루하게 생활하지만, 시인은 끊임없이 시인
들과 소통하면서 글을 쓴다. 시인은 이 시간을 '육신의 과
도기'라고 규정한다. 또한 갱년기의 삶 속에서 햇살처럼 번
지는 따스함으로 한 번 챙겨가라는 의미로 분석한다. 시인
다운 발상이다.

    아버지 보고 싶어 무지개 띄워놓고
    제사상 차리고서 술 한 잔 올립니다
    형제들 모여 앉아서 생전모습 그려요

    콧속을 자극하는 갖가지 제수 음식
    아버지 사진 보며 그리워 눈물 바람
    시집 책 상패와 상장 자랑해요 아버지

    형제들 우애 속에 정 나눔 사랑 나눔
    생전의 가르침을 받들고 따르면서
    그리운 아버지 사랑 기억하며 살게요
    - 시조 「아버지의 사랑」 전문

 시인은 자신의 즐거움과 행복을 위해 글을 쓴다. 그 추억
을 시와 시조에 담고 있다. 더욱이 아버지에 대한 사랑과
그 추억을 그리움으로 적고 싶은 것이다. 자신의 삶의 성

취한 시 쓰기를 통해 자신이 쓴 시집을 출간하면서 다양한 상장과 상패를 아버지께 자랑하고 싶은 것이다. 이는 시 쓰기의 행복이며 성취의 즐거움이리라.

둘째, 시인은 매일매일을 시를 쓰는 즐거움을 누리며 살고 있다. 매일 시를 쓰면서 자연과 즐기는 삶을 진솔하게 표현하고 있다.

> 마법의 언덕길엔 눈꽃이 다붓다붓
> 산책길 아름다워 오오라 멋지구나
> 여기가 최고의 꽃밭 선녀들이 즐길까
>
> 화려한 송이송이 하얗게 피어올라
> 골짜기 가득 메운 눈꽃이 어여뻐라
> 나무의 화려한 눈꽃 줄기마다 폈어라
>
> 푹 빠져 즐긴 하루 얼얼얼 신선놀음
> 저마다 사진찍기 분주히 움직이네
> 눈부신 벙글어짐에 반짝반짝 빛나네
> – 시조 「화려한 눈꽃」 전문

아름다운 자연을 즐기는 삶, 신비로운 자연의 아름다움을 표현하면서 몰입의 기쁨도 맛본다. 그가 시를 쓸 수밖에 없는 이유이기도 하다. 그의 삶의 환경이 자신을 그렇게 허락한 것이다.

> 오오라 즐겨보자 나의 삶 한 귀퉁이

찌들고 지친 인생 살며시 내려놓고
　마음 짐 조금 가볍게 쉬어가자 이참에

　커피도 마셔보고 지난 일 돌아보니
　세월에 쫓기듯이 끝없이 달렸구나
　이제는 날 사랑하며 즐기면서 살리라
　– 시조 「까페에서」 전문

　농사를 짓고 사업장을 운영하는 힘겨운 상황에서도 시인
은 스스로 격려하고 위로한다. 세월에 쫓기듯이 살아온 삶
속에서 자신을 사랑하는 방법이다. 그리고 즐기는 삶을 살
겠다고 선언한다.
　1996년 독일의 브리스톨 대학교와 뮌스터 대학교의 심리
치료 연구팀은 글쓰기가 우울증과 스트레스 해소 등에 매
우 효과가 있다는 사실을 증명했다. 창조적인 글쓰기는 인
식, 감정, 사회성 교육에 효과가 있다는 사실을 확인한 것
이다. 더불어 심리학과 학생들에게 설문한 결과, 60%이상
의 학생들이 글쓰기의 치료 효과를 믿고 따르고 있다는 것
이다.

　풍성한 가을 들녘은
　짙푸름의 물결들
　갈바람 살랑이는 문턱
　노랑꽃이 스민다
　노오란 별꽃 무리들
　마디마다 꽃을 피워

솜털 오이가 조롱조롱
미끈 길쭉 걸작들

날마다 만나는 즐거움
성장의 과정들을
지켜보고 바라보고
손맛을 즐겨보는 날

먹음직스러운 가시오이
한 개 따서 옷섶에 쓰윽
시원함의 오이 향 가득
아삭하니 달구나
 - 시 「가을 오이」 전문

　미국의 글쓰기 치료사 캐슬린 애덤스는 '글쓰기의 10가지
요소'를 다음과 같이 밝힌다. 즉, 지속성(지속적인 글을 쓸
수 있는가), 해방감(이미 잘 알고 있는 경험에 대해 서술
할 때 기분이 편안해짐), 신뢰성(글을 계속 쓰는 것은 글
을 통해 탈출구를 찾는다), 반복(기억을 되살리고 기록을
함으로써 경험을 다시 반복하고 검증), 현실 받아들이기
(내 생활의 한 단면이나 고통스러운 면까지도 부인하지 않
는다), 나 자신과의 만남(특정한 부분들을 정확하게 이해
하는 법), 대화 - 다시 시선을 밖으로(가능성, 생각, 느낌
에 대해 표현하고 스스로 바라볼 수 있게 하여 다른 사람
들과 교류), 자의식과 자존심(자신의 내부에 초점을 두고
나는 존재하고 나는 소리를 낼 수 있고 들을 수 있다), 투

명성(개인의 심리와 인생의 관계에 대해 더욱 투명하게 내 인생을 더욱 확실하게 설계), 치료적 증거(진보적인 치료술의 증거로서 확신을 줌)다.

요약하면 글쓰기 치료는 자기 자신을 되돌아보고 창조성을 발휘한다. 더불어 자신의 감정을 표현할 수 있는 능력과 만족감 및 자신감을 심어줄 수 있다는 것이다.

> 무청을 싹둑싹둑 겨울을 준비한다
> 생무는 동치미로 석박지 김장김치
> 깨끗이 씻어 건조중 하얀 겨울 보내리
>
> 무청 삶아 손질 팩에다 가득 담아
> 냉동고 저장했지 된장국 생선찜에
> 즐거운 우리 집 식탁 사랑받게 될 거야
>
> 쉼 없이 움직이면 먹거리 풍족해져
> 커다란 냉동고가 가득 차 행복하네
> 누구든 원하신다면 아낌없이 보내리
> – 시 「무청」 전문

송연화 시조에 나타나는 특징은 '일과 나눔'이다. 시인은 배추와 무를 기르는 농사꾼으로 김장김치를 담고 된장국 생선찜으로 즐거운 식탁을 나눈다. 그리고 그 음식을 이웃과도 함께 나눈다.

> 바람이 불면 후드득

알밤이 떨어지면
한알 두알 줍다 보니
120키로 흐뭇하다

왁자지껄 횡성 장날
밤 까는 아저씨 찾아
두꺼운 껍질을 탈피
뽀얀 속살의 알밤들

환골탈태한 토종밤
건조기에 말리는 중
각종 곡물과 누룽지
말린 밤 곱게 갈아야지

아침 식사 대용으로
출출할 때 간식으로
한 컵씩 타서 마시면
우리 몸 보호건강식이야

미숫가루 기다려주는 임들
변함없이 사랑 주는
고마운 고객분들 때문에
남실남실 즐거운 벅참이다
– 시 「밤 말리기」 전문

위 시에서도 보는 것처럼 가족들과 혹은 이웃들과의 행복 나눔은 계속된다. 밤을 말리는 작업 중에서도 가족의 보호 건강식으로 만들고 또 미숫가루로 만들어 고객들에게도 나눈다. 더욱이 자신이 출간한 시집을 때마다 이웃들에게 늘 나누고 있다.

셋째, 시인은 날마다 발전하고 좋아지는 삶을 살아가려고 노력하고 있다. 현재 시인은 창작 시집 30권 출간을 목표로 하고 있다. 열정적으로 끊임없이 이 순간에도 시와 시조를 쓰고 있다. 그의 삶이 곧 시가 되고 즐거움이 되고 있다. 성취를 이루는 기쁨의 삶을 누리고 있다.

> 친정엄마랑 나들이하는 날
> 사부작사부작 걷는 낙엽길
> 발아래 들리는 음률이
> 행복해요 되묻는 것 같다
>
> (중략)
>
> 그래도 좋아하시는 내 어머니
> 작아진 어깨가 힘없어 보여
> 살며시 잡아본 손 딱딱해서
> 자꾸만 눈물이 나려 한다
>
> 엄마와 딸 하늘이 내려준 천륜
> 이대로 더 늙지 마시고
> 오래오래 곁에서 함께하는
> 축복의 나날로 살고프다
> – 시 「모녀의 외출」 전문

시를 통해서 시인은 관계의 회복과 건강과 행복을 소망한다. 시 쓰기를 통해서 자신의 소망을 피력한다. 그리고 가족과 혹은 이웃과 더 좋은 관계를 유지하기 위한 나름대로 방법을 찾는 것이다. 즉 글을 쓰면서 스스로 마음을 추스른다. 마음의 대화를 통해서 정신적 성장을 도모한다. 다시 말해 스스로 카운슬러가 되어보는 것이다.

1988년과 1990년대 미국에서 이루어진 글쓰기 치료 연구에 의하면 놀랍게도 글쓰기는 육체적인 병들을 고칠 수 있다는 점을 증명하였다. 심장 전문가 D. 오르니시는 규칙적으로 글을 써서 마음의 짐을 덜면 심장에 가해지는 부담을 줄일 수 있다는 사실을 밝혔다. 뿐만 아니라 가족과 부부의 정신치료에도 큰 효과가 있음을 증명했다.

> 사랑의 글 씨앗을 마음 밭 가득가득
> 행복한 사랑 씨앗 뿌리고 심어보자
> 한가득 열리는 날에 아름답게 펼치리
>
> 둥글게 마주 보며 방글이 미소짓는
> 글꽃을 피우면서 즐겁고 행복하자
> 그립고 보고 싶은 날 미련 없이 만나리
>
> 서로들 좋아 좋아 댓글로 용기 주며
> 격려와 사랑으로 가족과 형제처럼
> 둥글게 살고 싶어라 돌아올까 그런 날
> – 시조 「사랑의 글씨앗」 전문

사랑의 글씨앗, 행복의 씨앗, 미소를 가져오는 글꽃을 피우면 즐겁고 행복하다. 글을 SNS에 올릴 때에 좋은 댓글로 격려와 사랑이 있다면 글은 분명 치유력이 있다. 하지만 글은 병을 안겨줄 수도 있고, 오해도 불러일으킬 수 있다. 글은 우리의 상처를 아물게도 하고 상처를 줄 수도 있는 것이다. 이 때문에 긍정과 사랑의 언어가 필요하다.

　　밤사이 축구 열풍 기적이 일어나고
　　대한의 자랑스런 건아들 16강 진출
　　하늘도 감동하였나 하얀 첫눈 주셨네

　　밤새워 들썩들썩 축구의 벅찬 감동
　　문밖엔 동화 나라 하얀 옷 입었구나
　　신기한 사랑의 하트 천사들의 첫 작품

　　도로엔 하얀 눈꽃 새들도 아장아장
　　발자국 남겨두고 좋아라 다녀갔네
　　오늘은 하나 되는 날 첫눈 덕분이런가
　　- 시조 「첫눈」 전문

　글쓰기는 자신을 탐구하고 마음의 상처를 치료하는 방법이다. 대화를 통한 글쓰기도 치료 효과가 있다는 것이다. 다른 사람과 대화하는 것처럼 상대방의 의견과 생각을 고려했을 때 치료가 가능하다는 것이 최고의 장점이다. 나의 생각을 확대할 수 있고 내 안의 힘을 탐색할 수도 있다. 한마디로 나를 발전시키는 글쓰기인 셈이다.

　　햇살이 길게 누운 오후의 마당 뜨락
　　자연의 초대받은 참새 떼 비둘기들
　　들깨 섶 가득 모여서 음악회를 열었네

　　들깨 알 가득 품은 거름의 들깨 섶은

먹이가 지천이라 새들의 놀이터지
뜨락의 새들 가족들 품어주고 있구나
서로들 어울려서 둥글게 살아가는
시골집 마당 뜨락 즐거움 넘친다네
삶의 길 더불어 사는 함께여서 좋아라
- 시조 「하룻길」 전문

 자연과 더불어 사는 하루하루의 삶은 함께하는 삶이어야
즐겁고 행복하다. 이 시조는 시를 쓰는 작가의 감정이 집
중된 이미지, 느낌, 기분이 잘 드러난 작품이다.

오늘은 현실이고 내일은 미래이다
나에게 하룻길은 날마다 벅참인데
한해가 역사 속으로 그리 깊어가누나

소소한 일상에서 나의 삶 가꾸면서
삶의 질 높여가며 미래를 저축했지
결과는 오늘과 내일 행복하게 살았네

뒤늦게 후회한들 그 무슨 소용인가
아끼고 사랑하며 일 욕심 내려놓고
건강한 삶 추구하며 즐거운 삶 꿈꾸리
- 시조 「오늘과 내일」 전문

 시인은 자신의 꿈을 연구하고 그 꿈을 실현하기 위해 행
동에 나선다. 하지만 객관적인 의욕과 주관적인 의욕을 분
류할 필요가 있다. 그리고 객관적인 것을 주관적인 것으로

구체화하는 연습이 필요하다. 그래야 실제 행동으로 옮길 수 있기 때문이다.

> 용대리 국화축제 화려한 꽃무리들
> 나들이 인파 속에 향기가 남실남실
> 높아진 하늘 저 멀리 은은하게 퍼지네
>
> 국화꽃 울긋불긋 화려한 고운 자태
> 둘레길 돌고 돌며 꽃 사랑 빠졌어라
> 하룻길 뿌듯해진 맘 시집 책에 담으리
> ― 시조 「국화축제」 전문

강원도 용대리에서 열리는 국화축제를 다녀와서 향기를 더듬고 꽃 사랑에 빠진 소감을 시집 책에 담았다.

세네카에 따르면 '자각'은 감정에 의해 지배되는 영혼의 약점을 이해할 수 있게 해준다고 했다. 자신의 능력을 올바르게 평가해 주고 '매일 영혼과 대화 해야 한다'고 말한다. 그리고 다음과 같이 권한다.

"해명하는 것을 버려라. 매일 저녁 영혼에게 오늘 좋지 않았던 것은 무엇이며, 힘을 준 것은 무엇인지 물어보라. 오늘 무엇과 싸웠는가? 얼마만큼이나 좋아졌는가?"

철학자 슈티르너도 요즘을 사는 '나'를 다음과 같이 표현했다.

"나는 허공이라는 개념 속의 무가 아니라 무엇인가를 만들어낼 수 있는 무다. 창조자로서 나는 무엇으로 모든 것을 만들어낼 수 있을까?"

자신의 내면을 거리낌 없이 표현한 루소의 『참회록』은 다음과 같은 문장으로 시작한다.

"나는 전례가 없었던 그리고 그 누구도 흉내 내지 못한 일을 시작하고 있다. 나는 나의 동료들에게 한 인간을 자연 그대로의 진리 속에 드러내 보이고 싶다. 그런데 그 인간은 다름 아닌 나 자신이 될 것이다."

억압과 불행에서 스스로 해방하려면 '나'의 느낌을 다루는 방법뿐 아니라, 느낌에서 해방되는 방법도 알고 있어야 한다. 밖으로 분출되는 느낌들을 충분히 즐기면 편안해진다. 충분히 즐길만한 대상으로는 시, 음악, 춤, 향기 등이 있다. 최초의 약이라고 할 수 있는 카타르시스는 인간이 역사가 시작될 때부터 이미 널리 퍼져 있었다.

자유로운 생각은 글쓰기에서 중요한 관심사다. 나는 왜 존재하는가. 무엇이 존재하는가. 지금의 나는 어떻게 살고 있는가. 나에게 절대적인 가치는 무엇인가, 어떤 것에 내 존재의 근거를 두고 있는가. 스스로 자문하고 끊임없이 답을 찾고 있다.

시 작품은 수많은 메모(적바림)가 모아질 때 생긴다. 그 작품들은 어느 날 하나의 관점으로 정리된 것이다. 부족한 것을 완전하게 만듦으로써 태어난 것이다.

결론적으로 글쓰기는 우리를 편안하게 한다. 또 자신을 찾는데 도움을 준다. 글을 쓰면서 문제점을 정리하고 결정을 심사숙고하며 새로운 관점으로 사물을 바라본다.

시인은 자신이 쓴 글로 점차 자신을 분석하면서 기억을 보존하는 것은 물론 고통을 이겨내고 극복하는 데 큰 도움을 받는다. 또한 글쓰기는 의문을 풀어주고 결정을 내릴 때 도움을 얻고 있다. 그런 의미에서 글쓰기는 창의력을 불러일으킨다.

결국 글쓰기는 우리 자신을 찾게 하고 우리 자신이 완성되는 길을 나아가게 한다. 그리고 한순간일지라도 인간을 편안하게 단순하게 살도록 도와준다. 희망 없는 시대를 살던 안네 프랑크는 일기라는 간단한 글쓰기를 통해서 자신을 추스르고 희망을 찾은 것처럼.

지금껏 윤영 송연화 시인의 시집 『아버지의 사랑』을 통해서 '행복을 찾아가는 치유의 글쓰기'를 확인할 수 있었다. 무엇이든 처음 시작은 어렵다. 다만 자발적인 글쓰기는 아주 유쾌하게 마무리됨을 우리는 경험으로 알고 있다.

윤영 송연화 시인은 사랑에 대한 근심과 걱정, 그리고 그 밖의 절박한 상황에서도 일기를 쓰듯 계속해서 시와 시조를 써왔다. 이는 순간적으로 절박한 상황에서 벗어나게 해주는 것은 물론 그 이상의 행복과 기쁨이 오랫동안 지속되는 효과를 가져왔다. 다시금 시와 시집 30권 이상 출간 도전을 응원한다.

그의 삶은 언제나 행복한 글쓰기다. 건승과 건강을 기원한다.

■ 글벗시선190 송연화 스물두 번째 시집

아버지의 사랑

인 쇄 일 2023년 3월 10일
발 행 일 2023년 3월 10일
지 은 이 송 연 화
펴 낸 이 한 주 희
펴 낸 곳 도서출판 글벗
출판등록 2007. 10. 29(제406-2007-100호)
주   소 경기도 파주시 와석순환로 16,(야당동)
　　　　　롯데캐슬파크타운 905동 1104호
홈페이지 http://guelbut.co.kr
E-mail juhee6305@hanmail.net
전화번호 031-957-1461
팩   스 031-957-7319
가   격 15,000원
I S B N 978-89-6533-247-3 04810

* 잘못된 책은 바꿔 드립니다.